KB157825

한국 희곡 명작선 85

유튜버(U-Tuber)

한국 희곡 명작선 85

유튜버 (U-Tuber)

김도경

평민사

김도경

유튜버 (U-Tuber)

등장인물

지천우 : 20대 청년, 라이더(배달 노동자)
김하나 : 유튜버론 강사
씬디 : 스타 유튜버
고양이 : 중년의 수컷 길고양이
물고기1, 2 : 두 마리의 단짝 물고기. 리오넬과 웨인
먹신
게임
돌아이
막말

때

현재

무대

천우가 살고 있는 작은 원룸. 반지층으로 3~4평 정도의 크기.
객석을 향해 책상과 의자.
1인 소파 등의 다른 가구는 있으면 좋지만, 없어도 상관없다.
가능하면 최소한의 세트로 무대를 구성하면 좋겠다.

** 전체적으로 각 인물들이 천우와 대화할 때에 천우가 생각할
틈을 주어서는 안 된다.
** 천우에게 몰아치듯이 대사를 해야 한다.

** 하나와 씬디, 물고기와 게임, 물고기와 돌아이, 먹신과 막말은
각각 역을 겸한다.

1장

천우가 혼자 살고 있는 작은 원룸.

무대가 밝아지면, 잠시 후 문을 열고 천우가 들어온다.
음식 배달 플랫폼 마크가 새겨진 유니폼 조끼를 입고 있다.
막 배달을 마치고, 콜이 없어서 잠시 쉬러 들어왔다. 내내 이어진
배달에 몹시 지쳤다.
막상 집에는 왔는데, 아무것도 하지 못하고 멍하기만 하다.
의자에 잠시 앉아 쉰다.
그러다 문득 생각난 듯, 방구석에 놓인 택배 상자를 가져온다.
택배 상자 속에서 카메라 삼각대와 방송용 마이크를 꺼낸다.
삼각대를 꺼내고, 스마트폰을 끼워 세운다.
마이크도 꺼내서 삼각대와 함께 영상 촬영을 위한 장비를 세팅
한다.
책상위에 카메라와 마이크가 모두 준비되면,
잠시 마음의 준비를 한다.
핸드폰의 녹화 버튼을 누르고,
유튜브 방송 촬영을 위해서, 어색하게 예행연습을 시작한다.

천우   아. 아. 마이크 테스트. 되나? 어… 안녕하세요. 어… 지천
우의… 어… 라이브 방송 지천우 티비입니다. 어… 오늘

첫 방송인데요. 어… 앞으로… 어….

녹화를 그만 두고,

(한숨) 남들은 잘만 하던데. 다시 해봐?

다시 방송을 시작하지만, 어색하기만 하다.
바로바로 다음 멘트가 떠오르지 않아 흐름이 자꾸 끊긴다.

안녕하세요. 지천우의 라이브 티비 지티빕니다. 어… 오늘
저는… 어… 24시간 숨 막히는 원룸 생활! 이곳은 제가
살고 있는 원룸인데요. 어… 보증금 백만 원에 월세 사십
만 원짜리 방이고… 반지층인데… 어… 여름이면 곰팡이
냄새에… 어… 그리고….
(한숨) 이 컨셉은 아닌 것 같아. 너무 찌질하잖아. 아, 그렇
지! 저와 함께 라이더들의 하루를 들여다볼까요? 지금 제
가 배달하는 음식은 탕수육? 치킨? 어… 또 뭐가 있을까
요?
(한숨) 이런 짓까지 해야 하나.

아직 외투조차 벗지 않았음을 깨닫고는, 외투를 벗어서 정리한다.
그때, '딩동' 하고 초인종 소리가 들린다.
무시하고 계속 하는데,

'딩동' 하고 초인종 소리가 다시 들린다. '딩동', '딩동'

천우   (방송 장비를 정리해 숨기며) 이 시간에 대체 누구야. (나가며) 네! 잠깐만요! 갑니다….

천우의 말이 채 끝나기도 전에, 하나가 문을 열고 들어온다.
나가던 천우, 하나와 마주치며 멈칫한다.

천우   (놀라서) 누구세요?

하나   안녕하세요?

천우   어? (문을 확인하며) 문이 열려 있었나? 아닌데? 어? 혹시? 아닌데. 내 집 맞는데? 어? 대체 어떻게 들어 오셨어요?

하나   반가워요. 전 김하나라고 해요. 유튜버론 강사이구요. 오늘부터 제가 천우 씨의 개인 강사가 되어 줄까 해요!

천우   네? 유튜버론 강사요? 어? 내 이름은 어떻게 알아요?

하나   자, 제가 강의할 유튜버론이라는 과목은요, 21세기 4차 산업혁명시대에 유튜버로서 어떻게 하면 성공할 수 있을까, 왜 유튜버를 시작해야 할까, 어떤 방식으로 하면 좋을까. 시작부터 끝까지! 처음부터 마무리까지! 기초부터 응용까지! 모두 다 단번에 해결해 드리는 아주 명쾌한 강의이구요.

천우   뭐야…? (문을 열어 밖을 다시 확인하고) 몰카야? 이거 몰래카메라죠?

하나, 아랑곳없이 '짝짝' 하고 손뼉을 치는데,
이윽고 배달원들이 괘도와 거치대 등을 가지고 들어온다.
하나가 손으로 가리킨 곳에, 재빨리 괘도를 설치하고는,
지시봉을 전해주고서 빠르게 나간다.

천우   누구야 이 사람들은. 어디서 온 거야? (나가는 배달원들에게) 이봐요? 이봐? 어디서 오셨어요? 여기 내 집인데? 이봐요! 대답도 않고 그냥 가.

하나, 괘도의 표지를 넘겨, 처음 페이지를 편다.
지시봉으로 강의할 내용을 가리키며.

하나   제1장. 왜 유튜버가 되어야 하나!
천우   자기 마음대로 수업을 시작했어.
하나   서 있지 말고 거기 앉아요.
천우   저기, 근데, 저 곧 다시 일하러 나가야 하는데… 잠깐 쉬러 들어온 거거든요.
하나   어서 앉기나 해요.
천우   아… 네….

천우, 자기도 모르게 의자를 끌어다 앉고,
하나의 설명을 듣고 있다.

하나 혹시 로또 1등 당첨 확률 아세요? 무려 814만 5060분의 1이에요. 로또 하나에 천원이잖아요? 무려 80억 원 어치는 사야 1등 당첨이 가능하단 소리예요 확률 상. 그럼 유튜버로 성공할 확률은 얼마나 될까요? 적어도 상위 0.1 퍼센트 정도는 들어가야 기본 생활비 정도는 벌 수 있다고 해요. 전 세계에 아니 우리나라만 봐도 유튜버 인구가 얼마나 많아요? 짐작조차 할 수 없을 걸요? 로또 1등 당첨 확률보다 더 어렵다는 거예요. 그 정도로 유튜버로 성공하기란 하늘에 별 따기죠.

에이, 너무 실망하지 말아요. 벌써부터 실망하면 안 되지. 하지만. 유튜버는 로또와는 다른 매력이 있죠? 로또는 기약 없는 희망고문이라면, 유튜버는 우리가 노력에 노력에 노력에 노력에 노력과 노력을 계속해서 노력하다 보면 언젠가는 성공할 수 있다는 확신이 가능하죠. 안 그래요? 거기에 부수 효과까지. 대중의 관심과 인기! 당신도 잘만 하면 슈퍼스타가 될 수 있다고요. 거기에 돈까지 벌고! 와우! 어때요? 도전해 볼 만하지 않아요? 지친우 학생? 내 말 잘 듣고 있어요? 의심하지 말아요. 우리를 믿고 함께 가요!

천우 우리? 우리라니? 누가 또 있어요?

하나 이제 그럼 천우 씨가 이야기를 해 볼까요. 왜 유튜브를 하려고 해요?

천우 내가요? 언제요?

하나　부끄러워서 그래요? 괜찮아요. 말해 봐요.

천우　아뇨, 아직 결정을….

하나　고민하지 말고 솔직해 말해요! 하고 싶잖아요!? 방금 혼자 연습도 했으면서?

천우　그건 어떻게 알았어요? 어디 감시카메라라도 달았어요?

하나　(버럭) 어차피 하게 될 거야! 순순히 말해!

천우, 당황해서 얼떨결에 이야기를 시작한다.

천우　돈이… 돈이 좀 될까 싶어서….

하나　왜 돈이 필요한데요?

천우　어… 그러니까… 뭐랄까… 처음부터 이런 말 하긴 좀 그렇지만… 이런 빡빡한 생활 와중에….

하나　와중에?

천우　(망설인다) 어….

하나　어서 말해 봐요.

천우　그냥… 요. 그냥 수입이 좀 늘었으면 싶어서. 언제까지 이러고 살 수도 없고. (부끄러운) 사실 연애도 좀 하고 싶고….

하나　연애요?

천우　마음에 드는 사람이 생겼어요. 나랑 같은 일을 하는. 취직준비 중에 잠시 아르바이트 삼아 한다고 했어요. 어쩌다 친해진 사람인데. 그래서 돈이 너무 너무 너무 필요한데… 현실은 매달 월세에 대출금에 공과금에….

하나　그래서요?

천우　내게 연애가 가당키나 할까. 이런 상황에서. 머릿속은 늘 행복한 상상으로만 가득한데.

하나　좋을 때네요. 하면 되죠?

천우　저, 배달앱 라이더 하고 있어요. 수입이 좋다는 광고만 보고 시작했는데, 요샌 버는 것보다 빚이 더 느는 느낌이에요. 오토바이를 할부로 샀거든요. 헬멧에 유니폼 대여료도 내야하고. 취직준비만 몇 년을 했어요. 눈치 보여서 그만뒀지만요. 편의점, 카페, 패스트푸드, 호프 알바만 또 몇 년을 했고. 비정규직에 인턴도 몇 년. 이젠 비정규직조차 갈 곳이 없지만. 그런데 이 와중에 연애라니. 내가 생각해도 미친 게 틀림없어요! "이 미친놈아! 너한테 연애가 가당키나 해? 네 한 몸 간수도 제대로 못 하는 주제에!" 미친놈 같죠?

하나　조금?

천우　그런데, 최근에 이상한 일이 있었어요. 어느 날 꿈에 씬디가 나온 거예요. 씬디 알죠? 세계 탑 스타 유튜버 씬디! 저 씬디 광팬이거든요. 그녀가 나타나서 제게 유튜브를 시작하라고 속삭였어요. 그것도 내 그것을 만지면서….

하나　(천우의 귀에 속삭이듯) 유튜버… 유튜버… 유튜버… 유튜버… 유튜버….

천우　물론 그 덕에 몽정을 하고 말았지만… 꿈은 며칠 동안이나 반복됐어요. 그러다 어느 날은 씬디 대신에 짝사랑 그녀가 나타났어요. 그녀도….

하나   유튜버… 유튜버… 유튜버… 유튜버… 유튜버….

천우   이번에는 조상님까지 나타나셔서….

하나   유튜버… 유튜버… 유튜버… 유튜버… 유튜버….

천우   곰곰이 생각해봤죠. 이건 우연이 아니다. 신의 계시가 틀림없다. 어서 유튜브를 시작하란 계시가 분명하다! 그래서 나도 유튜브를 해 볼까, 고민하던 참이었어요. 근데 아무나 하는 것도 아니고….

하나   그래서 제가 온 거잖아요!

천우   (황당한) 네?

하나, 괘도를 다음 페이지로 넘긴다.

하나   제2장. 실전 연습. 초급편!

천우   2장?

'띵동', 초인종 소리가 들린다.

하나   드디어 오셨네요!

천우   누구세요?

고양이   (밖에서) 이야옹~

고양이, '이야옹~' 하며 들어온다.

크고 뚱뚱한 수컷 중년 고양이. 어찌 보면 험악해 보이기까지 하다.

천우   고양이?

고양이, 천우의 심통치 않은 반응에 심기가 불편해진다.

고양이 뭐야? 반응이 왜 이래? 고양이 처음 봐? 세상에 귀엽고 예쁜 암고양이만 있는 줄 알아?
하나   제가 초대했어요. 첫 번째 초청 강사님이세요.
천우   초대요? 내 집인데?
고양이 시끄러. 내가 손수 행차 했으니까 영광스레 맞도록 해.
하나   초청 강사님께서 유튜버 실전 연습 강의를 해 주실 거예요.
천우   고양이가요?
하나   말조심하세요. 유튜버계의 슈퍼스타세요. 천우 씨 같은 초짜는 감히 범접도 못 할 분이라고요.
천우   네?
하나   수없이 많은 방송출연 경험과 수없이 많은 팬들을 거느리고 계신 분이세요. 그런 분께서 직접 그간의 노하우와 전술을 전수해 주시는 거라고요.
천우   아.
고양이 감히 인간 주제에 날 우습게 보는 거냐?
천우   아… 아뇨!

고양이   나로 말할 것 같으면, 나야 말로 진정한 유튜버 스타라 할
수 있지. 세상에는 내 수많은 팬들이 있어. 나만 봤다 하면
꺅꺅 거리면서 졸도까지 하고 난리도 아니야. 봐. 여기도
난리 났잖아.

천우   아. 그러네요?

하나   어때요? 우리 강의 벌써부터 기대되지 않아요?

천우   그… 글쎄요.

고양이   그런데 너 말야, 왜 아직도 가만히 있어?

천우   네? 왜요?

고양이   내가 먼저 말로 꼭 해야겠어? 나 같은 고양이를 처음 만났
으면 꼭 해야 하는 인사가 있잖아!?

천우   (뭔진 모르지만 일단, 악수를 청하며) 어… 반가워….

고양이   이거 말고!

천우   그럼….

하나   궁디팡팡이요.

천우   네?

고양이, 천우를 향해 엉덩이를 쑥 내민다.
천우, 싫은 걸 억지로 궁디팡팡 해준다.

고양이   (기분이 좋아 엉덩이를 점점 세우며) 오. 그래. 옳지. 옳지. 거기
야. 거기. 오. 좋다. 좋아. 어! 그래! 거기! 오! 오! 오~! (갑자
기 정색하고서) 그만하면 됐어. 충분해.

천우 그런데 어쩌다가 고양이가 유튜버를.

고양이 호기심이 참 많구나. 정말 알고 싶어?

천우 아뇨, 딱히.

고양이 그래, 말해줄게. 난 한때 거리의 전사였어. 내 몸과 내 얼굴을 봐. 이 근육하며. 과감한 턱선. 용맹한 전사로서의 기운이 느껴지지 않아?

천우 살 같은데….

고양이 네 이놈! 죽고 싶은 거냥! 내 냥냥펀치 한 주먹 감도 안 될 놈이 어디서 까불고 있어! (하나에게) 부탁해.

하나 그는 한때 거리의 전사였다. 그 어떤 고양이도, 심지어 동네 똥개들조차도 그의 영역에는 얼씬 못 했다. 그렇게 전사로서 평생을 용맹하게 살아갈 거라 생각했었던 시절….

고양이 잠깐! 츄르[1] 한 대 하고.

츄르를 꺼내 담배처럼 물고는, 후 하고 숨을 내 뱉는다.

고양이 삶이란 참으로 예측 불가다.

하나 어느 날, 한 캣맘이 그를 불렀다. 평소 같았으면 그깟 캔 무시하고도 남았을 그가 그날 따라 그 맛과 그 향기가 너무 황홀해서 참을 수가 없었다. 생전 처음 보는 캔이었던 것이다! 그때 거기서 멈췄어야 했다. 그는….

고양이 따라가면 안 돼! 그만 둬!

———————————————

1) 스틱 모양에 짜먹는 형태의 고양이 간식 중 하나.

하나	그날 그의 남성이 없어졌다. 정신을 차리고 막아보려 했을 땐 이미 돌이킬 수가 없었다.
고양이	그게 무려 십 년 전이야. 난 평생을 남자 구실도 못하고 살아 왔다고!
천우	아….
고양이	그래서 직업을 바꾸기로 했어. 유튜버 스타로.
천우	아… 어? 그게 무슨 상관인데요?
고양이	자, 그럼 본격적으로 수업을 시작하도록 할까.
천우	아니, 누슨 상관이냐고요?
고양이	오늘 내가 전수할 내용은, 귀여운 반려동물을 이용한 유튜브 방송이야. 세상에는 수없이 많은 반려동물이 있어. 강아지가 출연하는 방송도 좋지만, 난 고양이를 추천해. 이유? 내 맘이야. 그럼 고양이가 고양이를 추천하지, 개를 추천하겠어? 물론 고양이를 싫어하는 인간들도 있겠지. 그런 인간들은 어차피 고양이 방송 따위 보지 않아. 똥개 놈들 방송이나 보라지! 우리 방송의 주 타깃은 고양이를 좋아하는 인간들이야. 랜선집사들 말야. 그들을 우리 방송으로 끌어들이려면? 고양이들의 귀엽고 코믹한 일상을 최대한 영상에 담아야 해. (천우에게) 자, 그러려면 무엇이 선행되어야 할까?
천우	글쎄요. 키워 봤어야 알지.
고양이	그 당연한 것도 몰라? 고양이가 있어야 할 거 아냐. 고양이 방송인데 고양이가 없으면 어떡해.

천우	네? 그야 당연한….
고양이	물론 쉽진 않아. 하지만 가장 쉽고 간단한 방법도 있어. 이도저도 다 힘들면 이 방법을 추천해.
천우	뭔데요?
고양이	바로… 날 키우면 된다!
천우	네?
고양이	날 키우라고. 조건도 어렵지 않아. 하루 두 번 식사제공. 화장실은 2개 이상. 내 볼일 양이 좀 많아. 그리고 하루 3시간 이상 놀아주기. 목욕은 별로 좋아하지 않지만… 그래, 특별히 양보해서 두 달에 한 번으로 합의하지. 어때? 파격 조건 아냐?
천우	어… 집도 좁고요… 아니, 이 덩치를 어떻게 키워.
고양이	아까 궁디팡팡 하던 손길이 예사롭지 않더구나. 나의 집사로 너를 간택하노라.
천우	돈도 많이 든다고 하던데. 하루에 사료 한 포대씩 먹는 거 아닌가 몰라.
고양이	실망이야. 그 정도도 못 들어줘? 이런 기분으론 수업 못해!
하나	천우 씨! 어서 달래드리지 않고 뭐 해요!
천우	아니, 거절은 아니고요. 고려는 좀 해보겠단 거죠. 좋은 쪽으로?
고양이	그래? 좋아. 뭐 일단 고양이를 입양했다 치고. 그럼, 고양이와 놀아주는 귀여운 장면을 한번 연출해 볼까?

고양이, 낚싯대 모양의 고양이 장난감을 꺼내 천우에게 준다.

고양이   자, 흔들어 봐라.

천우, 장난감을 고양이를 향해 흔든다. 뭔가 어설프다.
고양이, 처음에는 장난감에 반응하다가, 이내 흥미가 떨어진다.
지루해한다.

고양이   제대로 좀 흔들어 봐. 너무 성의가 없잖아.
천우   (다르게 흔들며) 이렇게요? 이렇게?

고양이, 결국 참지 못하고 장난감을 뺏는다.

고양이   이리 내! (장난감을 흔들며) 이게 안 돼? 이게? 내가 흔들 테니까, 네가 고양이라고 생각하고 움직여 봐.

고양이, 장난감을 흔들고,
천우, 고양이인 척 장난감을 향해 이리저리 움직인다.
뛰고, 구르고, 쫓고 다양하게 움직인다.

고양이   (흔들며) 옳지! 옳지! 잘한다! 잘해! 그렇게 놀면 된다!

몇 번을 더 흔들다가,

고양이   인간과 놀아주는 것도 하루 이틀이지 이 나이엔 힘들다. 너 말야, 서툴지만 노력하는 자세가 아주 마음에 들어서 합격. 오늘부터 여기서 살면 되는 건가?

천우   아니, 생각 좀 해보고요.

고양이   좋아. 내가 이런 짓까진 안 하려고 했는데. (부비부비하며) 야옹. 야옹. 날 키워라. 키워. 야옹. 키웡. 아잉 키워 쮸쩨용. 야옹? 야옹? 이렇게까지 하는데도 안 돼? (발랑 누워서 떼쓰듯) 키워! 키워! 키우라고! 키워!

천우, 당황해서 어쩔 줄 모른다. '진짜 키워야 하나. 큰일 났다! 어쩌지?'

고양이   배고프다. 식사 시간이네?

천우   갑자기?

고양이   밥을 내놓아라, 집사. 내 치아가 좋지 않아. 반드시 습식사료와 캔을 1:1 비율로 섞어서 줘야 한다. 후식은 츄르로 부탁해. 배고프다. 어서.

하나   사료 사놓은 거 없어요? 비상용 사료 말예요.

천우   그런 게 어디 있어요?

고양이   또 실망이야. 유기농 1등급 사료 정도는 항상 구비해 놓아야 하는 거 아냐?

천우   아니, 굳이 왜요?

고양이   세상에 집사는 많아!

하나	천우 씨! 지금이라도 얼른 나가 사오세요!
천우	네?
고양이	배고프다고!
하나	얼른요!
천우	내 집인데?
고양이	배고파!
하나	지금 그게 중요한 게 아니잖아요!
천우	아니, 왜 안 중요한데요?
고양이	(천우의 멱살을 쥐고 흔들며) 배고프다고! 배고파! 배고파! 배고파! 내가 몇 번을 말해야해. 이건 고양이에 대한 예의가 아니잖아! 하다못해 츄르라도 있어야 할 거 아냐. 얼른 나가서 사료 사오라고! 배고파! 얼른!
천우	(참다 참다가 밀치며) 아, 좀!

고양이, 충격 받은 듯 털썩 주저앉는다.

고양이	(서러워 한동안 말도 잇지 못하다가) … 네가 나한테 어떻게 이럴 수가 있어. 나 전사였다고. 거리의 전사. 내 거시기를 잃고 산 세월도 기가 막힌데. 이런 푸대접까지 받아야 해? 나 슈퍼스탄데! (훌쩍이며) 너 후회할 거야. 나 버린 거 반드시 후회할 거야. 내가 너 부셔버리겠어. 흑. 어디 잘 먹고 잘 살아봐라!

고양이, 울며 뛰쳐나간다.

하나　강사님! 강사님!

천우　(어안이 벙벙해서) 뭐야… 저러고 그냥 가는 거야?

하나　다 천우 씨 탓이잖아요!

천우　네?

하나　어떻게 집에 고양이 사료 하나 없어요? 그런 거 기본 상식
　　　 아니에요?

천우　아니, 고양이도 안 키우는데?

하나　(한숨) 이제 대체 어떡하실 거예요?

천우　내가 뭘요.

하나　강사님을 저리 보내시면 이제….

'딩동', 초인종 소리가 들린다.

하나　어? 두 번째 강사님이신가?

천우　또요?

이윽고 물고기1, 2가 사이좋게 나란히 들어온다.
나란히 서서.

물고기　안녕하세요. 저는 물고기 리오넬, 저는 물고기 웨인입니
　　　　 다. 저흰 단짝 친구예요.

천우　　물고기?

물고기　그럼 저희의 멋진 수영 솜씨를 보여 드릴게요.

천우　　여기서?

물고기들, 음악에 맞춰 춤을 춘다. 마치 바다 속에서 유영하는 듯
하는 모습이다.

하나　　강사님들께서 천우 씨를 위한 수업을 해 주실 거예요.

물고기　저희는 원래 바다 속 깊은 곳에서 살았어요. 우린 그때부
터 친구였죠. 어느 날은 산호초 옆에서, 어느 날은 미역과
파래 옆에서, 또 어느 날은 모래바닥 위에서 자유롭게 헤
엄치곤 했어요. 말미잘 친구, 성게 친구, 새우 친구도 있었
고요. 조개 친구도 있었는데, 그 친구는 죽으면서 한 번씩
폭탄을 터뜨리곤 했어요. 죽고 나면 시체 썩은 냄새가 진
동을 했죠. 그 냄새에 성게 친구와 새우 친구가 죽었고, 저
희도 거의 죽다 살아났어요. 망할 불가사리 놈은 그런 물
에서도 잘 살더라고요.

저희는 우리 부모의 얼굴을 한 번도 보지 못했어요. 그저
유전자에 새겨진 기억 속에서 우리의 무리가 적어도 백
마리 천 마리는 됐을 거라는 정보만 갖고 있죠. 사실 무리
의 다른 친구들을 보진 못했지만, 멀리 살고 있을 거라고
늘 생각했어요. 왜냐하면 우리와 종은 다르지만 비슷하게
생긴 친구들이 한 번씩 찾아오곤 했거든요. 물론 물에 적

응하는 시간이 필요하기도 했고, 적응을 못하면 죽기도 했지만, 우린 늘 반가이 맞이했어요. "그렇지?", "그럼!" 우린 친절하게 어항 속 세상을 안내했죠. 우리가 쉬는 보금자리도 알려주고, 새로 이사 온 해삼 친구도 소개해주고요. 그런데 어느 날 해삼 녀석이 갑자기 알을 낳는 거예요. 일억 개는 될 만큼이나. 마치 거대한 설사 똥 폭탄 같았죠. 펑 하고 터지면서 온 세상에 마치 눈이 내리는 것 같았어요! 결국 그 물고기 친구도 비명횡사했지만, 어쩌겠어요. 해삼은 그저 자기 일을 했을 뿐인데. 망할 핑크 해삼. 똥 덩어리!

물고기1 그런데 어느 날, 똥을 싸던 웨인이 말하는 거예요. 어… 똥이 아니고 알이었던가? 가만? 웨인, 설마 너 암컷이었어?

물고기2 몰랐어?

물고기1 그럼 애 아빠는 누구야?

물고기2 너잖아, 병신아.

물고기1 (순간 수많은 생각들이 머리를 스치고) 아무튼 웨인이 말했어요.

물고기2 "우리 유튜버가 되어 보는 건 어떨까?"

물고기1 그래서 저도 말했죠. "좋아. 우리의 멋진 수영 솜씨를 사람들에게 보여주자!" 저흰 그렇게 유튜브를 시작했어요.

천우 응?

하나 너무나 감동적인 이야기였어요!

천우 네?

물고기 저흰 일상과 평온, 휴식에 대한 방송을 추천해요. 예를 들면 강가나 바닷가에서 하루 종일 낚시를 한다든지, 바다 속이나 계곡 속에 잠수해서 물속을 찍거나. 일종의 V로그 같은 거죠. 힐링과 휴식의 방송. 아니면 어항 속 물고기를 관찰하는 방송도 추천해요. 의외로 좋아하는 사람들이 많을 걸요?

천우   물놀이도 가고 하면 재밌긴 하겠네요. 그럴 시간이 있을지 모르겠지만.

물고기1   그런데 이상한 점이 있어요. 물고기를 잡으려면 강이든 바다든 물가로 가야 하는데, 물속에 살아서 물고기잖아요. 그럼 저흰 뭘까요?

물고기2   물에서 태어났으니까, 물고기지.

물고기1   하지만 여긴 뭍이잖아.

물고기2   그럼 뭍고기인가.

물고기1   하지만 우린 물에서 태어났고. 물에서 자랐고.

물고기2   그럼 물고기인가.

물고기1   그런데 우리가 왜 뭍에 있는 거지?

물고기2   그거야… 어? (모르겠다)

물고기1   하지만… (순간 기억이 날라 갔다) 우리 어디까지 말했더라?

물고기2   몰라. 기억 안 나.

물고기   안녕하세요. 저는 물고기 리오넬, 저는 물고기 웨인입니다. 저흰 단짝 친구예요. 그럼 저희의 멋진 수영 솜씨를 보여 드릴게요.

물고기들, 음악에 맞춰 다시 춤을 추고는,

물고기   저희는 원래 바다 속 깊은 곳에서 살았어요. 우린 그때부터 친구였죠. 어느 날은 산호초 옆에서, 어느 날은 미역과 파래 옆에서, 또 어느 날은….

천우   (말을 끊으며) 아까 했잖아요!?

물고기   아. 했나요? (사이) 저흰 일상과 평온, 휴식에 대한 방송을 추천해요. 예를 들면 강가나 바닷가에서….

천우   (말을 끊으며) 했다고!

물고기1   아… (사이) 어? 혹시 웨인?

물고기2   리오넬?

물고기1   그동안 어떻게 살았어? 너무 오랜만이야!

물고기2   나야 말로! 반가워!

물고기1   근데 여긴 어디야?

물고기2   글쎄. 왜 우리가 여기 있는 거지?

물고기   (천우를 발견하고) 어라? 안녕하세요? 누구세요? 이렇게 만난 것도 인연인데, 우리의 멋진 수영 솜씨를 보여 드릴게요.

물고기들, 음악에 맞춰 춤을 추며,

물고기1   이상해. 왜 이 춤을 몇 번이나 추고 있는 것 같지?

물고기2   나도 여러 번 춘 것처럼 지겨워.

천우 그만해, 병신들아! 대체 언제까지 그럴 거야!

물고기 (춤을 멈추고) 왜 화내고 그러세요? 우리가 만만해요!? 우리가 물고기라고 무시하는 거야 뭐야! 사과하세요!

천우 아니, 화낸 건 아닌데….

물고기1 어? 혹시 웨인?

물고기2 리오넬?

물고기1 오랜만이야! 어떻게 네가 여기 있어?

물고기2 너야 말로. 여긴 무슨 일이야?

천우 제발 좀 그만해!

물고기 안녕하세요. 저는 물고기 리오넬, 저는 물고기 웨인입니다. 저흰 단짝 친구예요. 그럼 저희의 멋진 수영 솜씨를 보여 드릴게요.

물고기들, 음악에 맞춰 춤을 추는데,

천우 음악 꺼! 대체 어디서 나오는 거야!

물고기1 왜 저래?

물고기2 이상한 사람 같아.

물고기1 그런데 나는 누구지?

물고기2 넌 누구니?

물고기1 너야 말로. 넌 누구야?

물고기들, 말을 주고받으며 서로를 확인하는데, 결론이 나지 않는다.

그 와중에, '딩동' 하고 초인종 소리가 들린다.

하나 드디어 오셨네요!

천우 누구세요?

먹신 (밖에서) 저 왔어요! 들어갈게요!

먹신, 들어오다가 물고기들 보고는,

먹신 뭐야, 저 횟감들은? 확 다 회쳐 먹어버려?

물고기들, 화들짝 놀라 후다닥 나간다.

하나 세 번째 강사님이세요.

먹신 반가워요.

천우 이번엔 사람이네요?

먹신 그쪽이 지천우? 드디어 만났네요. 얘기 많이 들었어요.

천우 네?

먹신 먹방의 유망주라던데?

천우 제가요?

먹신 아니야? 아님 말고. 'Ms.먹'이라고 불러 주세요.

하나 선생님께선 먹방에 대한 강의를 하실 거예요.

천우 먹방이요?

먹신 네, 먹방이요. 사실 먹방은 아무나 할 수 있는 게 아니에요. 신체적인 조건과 자질이 몹시 중요하죠.

천우 아… 그럼, 전 하지 않겠습니다.

먹신 하지만 천우 씨에겐 충분한 자질이 느껴지네요.

천우 네?

먹신 말로 하지 않아도 알아요. 느낌으로 알 수 있거든요.

천우 그게 무슨… (개소리야?)

먹신 저는 먹성의 전설, 먹성의 신, 줄여서 먹신이라고 불렸어요. 한창때는 먹성이 얼마나 좋던지 치킨 10마리, 족발 10인분, 라면 20개, 피자 5판, 삼겹살 5kg씩 먹곤 했어요. 후식은 무한 흡입이었고요. 방송 내내 그 많은 음식들을 조곤조곤 먹어 치웠죠.

천우 신기하네요. 그렇게 먹고도 날씬하다니.

먹신 체질이에요. 사실 중요한 부분이기도 해요. 먹방 유튜버 중에 살찐 사람 본 적 있어요? 거의 없어요. 먹방을 보는 이유 중에 하나는 환상성이에요. 저리 먹고도 살이 찌지 않는다는 환상 말예요. 우리가 대리만족 시켜주는 거죠. 다이어트 등의 이유로 자유롭게 먹지 못하는 사람들을 대신해서, 늦은 밤 그들이 먹고 싶어 하는 음식들을 맛있게 먹어주기. 물론 먹방의 존재 이유에 대한 비판도 있지만, 어쩌겠어요.

천우 아….

먹신 역시 이해가 빠르시네요. 내 후계자다워요!

천우 네? 후계자요?

먹신 먹방의 신예 유망주 지천우. 함께 방송을 해도 충분히 먹히겠어요. 역시 내 눈은 틀리지 않았어!

천우 아니, 대체 뭘 보고요?

먹신 느낌으로 알 수 있다니까요. "아, 이 사람이구나!" 그런 느낌이 와요.

천우 아니, 아직 유튜브를 할까 말까도 결정하지 못했는데.

하나 장담하죠. 하게 될 거예요!

천우 뭐야, 이 사람들!? 왜 내 집에 와서!?

먹신 그런 건 중요치 않아요. 누구 집이든 무슨 상관이야. 단도직입적으로 묻죠. 저와 먹방 할 거예요, 말 거예요?

천우 내가 먹방을 왜 해요? 많이 먹지도 못 하는데.

하나 그럼 유튜브는 하겠다는 거네요?

천우 아니, 그런 말이 아니잖아요.

먹신 좋아요. 그럼 보고 결정하죠. 제 먹방 촬영 모습을 먼저 보여 드릴게요.

천우 여기에서요?

먹신 그럼요. 여기서. 지금 당장. (자신의 스마트폰을 꺼내, 배달앱을 실행한다. 음식을 찾는다) 요샌 세상이 정말 편해졌어요. 앱만 실행하면 이 작은 핸드폰 안에 세상의 온갖 음식들이 다 나오잖아요. 한식, 중식, 일식, 양식, 아시아, 남미, 심지어 아프리카 음식까지. 몇 번 터치만 해주면 바로 문 앞까지 배달도 해주고요.

오늘은 무슨 먹방이 좋을까. 가볍게 워밍업으로 소고기 어때요? 치맛살, 안창살, 제비추리로 5kg 정도 주문 해볼까요? 한우로요. 고기를 맛있게 구우려면 우선 불판부터 잘 달궈야 해요. 손을 불판에 가까이 대어봐서 살짝 뜨거움이 느껴질 때 고기를 올려요. '치이이익' 하며 익어갈 거예요. 경건한 마음으로 고기를 잠시 응시하고 있으면, 곧 핏물이 좌악 올라와요. 그때 뒤집고. 다시 '치이이익'. 잠시 기다리면 다시 또 핏물이 올라오고, 또 뒤집어요. 그렇게 1초, 2초, 3초. 속으로 야 3초를 세면 끝난 거예요.

전 자르지 않고 통으로 먹는 걸 좋아해요. 소금을 톡톡 찍어서 입안에 넣고 오물오물 씹고 있으면 진한 육즙이 느껴져요. 마치 기나긴 더위와 가뭄 끝에 땅을 적시는 장대비처럼! 메말랐던 혀 위로 마구 쏟아지다 못해 홍수가 났어요! 소며 돼지며 닭이며 온갖 살림살이들이 휩쓸려 떠내려가고 있어요! 안 돼! 소는 안 돼! 소는 내버려 둬! 그런 식으로 나머지 고기들도 차례대로 구워 먹는 거죠. 그 모습을 과감 없이 시청자들에게 보여주는 거고요. (천우에게) 이렇게 해서 모두 주문하면, 총 금액이 120만 7천 원이네요. 천우 씨?

천우 왜요?

먹신 주셔야죠.

천우 뭘요?

먹신 카드. 계산해야죠?

천우 네? 이걸 왜 내가 계산해요?

먹신 그럼 누가 계산해요. 천우 씨 집이잖아요. 우린 손님이고.

천우 무슨 이럴 때만 내 집이래. 세상에 무슨 한 끼에 백만 원이 넘게 배달해서 먹는 사람이 어디 있어요?

먹신 먹방이잖아요. 그 정도 투자는 해야죠. 최소한 1등급 한우 정도는 구워줘야 시청자들이 좋아해요.

천우 안 한다니까요.

먹신 아휴, 무슨 말이 통해야…. (해먹지!)

천우 네?

먹신 그 정도 돈도 없나 본데.

천우 뭐라고요?

먹신 좋아요, 그럼 다른 방법을 찾아보죠.

하나 돈이 없을 수도 있는 거지. 왜 그것 갖고 그러세요?

먹신 미안해요. 제가 말이 좀 과했죠. 요새 워낙 감정적으로 힘든 일들이 많아서요. 나도 모르게 그만… (사이) 그래요. 솔직하게 말할게요. 사실 저 도움이 절실해요. 어렵고 복잡한 상황이거든요. 아까 말한 먹신이 어쩌고 한 거, 사실….

하나 그녀는 먹신이었다. 매일같이 먹고 먹고 또 먹고 또 먹고! 하지만 이제는 먹신도 그 무엇도 아니게 되었다. 얼마 전 명예훼손 및 허위사실 유포로 고발당했다. 그래서 몇 달이나 방송을 쉬어야만 했다. 하지만 더 큰 문제는 입맛이 예전 같지 않다는 것이었다. 먹방 유튜버에게 입맛이란 존재의 이유와도 같다. 그녀에게 먹방이란 신성한 행위였다. 마치 성당의 신부가 신도들에게 빵과 와인을 나누듯이. 방송에서 음식을 먹는 것은 종교적인 의미와도 같았다.

먹신   어떤 음식을 먹어도 맛을 느낄 수가 없었어요. 맛을 느끼지도 못 하면서 어떻게 맛있는 척 먹고 있어요? 그건 기만이에요. 시청자들을 속이는 행위라고요!

하나   그녀를 고발한 건 떠오르는 신예 유튜버 '초이'였다. 예쁘장한 외모에 순식간에 먹어치우는 그 양으로 일약 스타가 되었다. 그런데 어느 날 그녀는 초이의 방송을 보며 무언가 어색함을 느꼈다. 묘한 편집지점들이 눈에 뛰었다. 그렇다! 그녀는 음식을 먹는 시늉만 하고 있었던 것이다. 씹는 척만 하다가 삼키지 않고 다 뱉은 것! 그녀는 너무 화가 나서 초이를 찾아 갔다.

먹신   "신성한 음식을 어떻게 다 버릴 수가 있어? 이건 시청자 기만이야!" 전 사람들에게 그녀의 실체를 밝혔고 그녀는 몰락하는 듯 했어요. 그런데 그녀가 역으로 절 고발했어요. 그리고 수많은 그 악플들. 잘못한 건 내가 아닌데! 천우 씨. 천우 씨만이 절 도울 수 있어요!

천우   (뭔가 미심쩍지만) 아….

하나   천우 씨만이 강사님을 도울 수 있어요.

천우   도울 수 있다면야 돕겠지만….

먹신   고마워요, 천우 씨. 도와주겠다니 너무 고마워요!

천우   네? 제가 언제….

먹신	그래서 천우 씨만을 위해 따로 준비한 게 있었어요. 이거라며 천우 씨도 충분히 가능해요! (짝짝, 손뼉 치고) 자, 음식 입장.

고양이, 서빙카트를 밀고 들어온다.
카트 위에 음식이 담긴 용기들이 여러 개 놓여 있다.

천우	아까 그 고양이?
고양이	복수할거다옹~!!

고양이, 나간다.

천우	뭐야?
먹신	자, 일단 시작은 간단하게 매운 볶음라면 열 개 먹기부터 해보죠. 일 분 안에!
천우	(이제야 카트 위 음식들을 보고) 네?
먹신	천우 씨라면 다 먹을 수 있어요! 마음속으로 주문을 외워요! 맛있다! 행복하다! 난 다 먹을 수 있다! 나는 아직도 배가 고프다! 늘 고프다!
하나	(응원하듯) 먹어라! 먹어라! 처먹어! 처먹어!
먹신	드세요, 어서! 할 수 있어요!
하나	파이팅!

천우, 어리둥절하고 뭔가 말려들고 있단 느낌이 들지만. 일단 먹기 시작한다.

옆에서 자꾸 재촉하는 먹신과 하나.

잘 들어가지도 않는 거, 억지로 꾸역꾸역 먹는다.

다시 넘어오려는 것을 겨우 참아가며 억지로 다 먹는다.

천우, 너무 배가 불러 힘들어 하는데.

먹신　봐요! 할 수 있잖아요! 좋아요, 다음 음식!

천우　그… 그만….

먹신　천우 씨가 좋아하는 치킨이에요!

천우　그만 해… 많이 먹었어….

먹신　할 수 있어요! 자, 다음 음식 입장!

천우, 겨우 참아오던 음식물들을 먹신을 향해 토한다. "우웨엑~!"

먹신, 얼굴과 옷의 오물들을 치우고,

경멸어린 시선으로 너덜너덜해진 천우를 응시한다.

먹신　실망이에요. 고작 이것 조금도 다 못 먹어서! 앞으론 먹방 유튜버니 뭐니 하는 소리 하고 다니지 마세요!

천우　(겨우) 내… 내가 언제… 먹방….

먹신   에잇, 시간만 낭비했어. (나가며) 내 인재를 대체 어디서 찾나! 어디서 찾아?

먹신, 나간다.

천우   뭐야… 대체….

하나, 어디선가 앞치마를 두르고 와서는 서빙카트와 바닥의 흔적들을 치운다.

하나   아직 지치시면 안 돼요. 강사님들이 더 오실 거니까.

천우   그만 좀 해요. 그놈의 유튜번지 뭔지.

하나   언제까지 배달만 하실 거예요? 돈 필요하다면서요?

천우   필요한데… 그래도 이건… 좀….

하나   지금까지는 맛보기였고요. 이제부터 진짜 강의가 시작되니까, 기대하세요!

천우   아니, 대체 언제까지….

마침 천우의 스마트폰에서 '띠링' 하며 배달앱의 콜 알림이 온다. 천우, 급히 알림을 확인한다.

소리   (기계음) 파트너님. 새로운 배달 안내입니다. 현재 주변에 일백 명 이상의 파트너들이 대기 중입니다.

천우 아, 놓쳤잖아! 얼마 만에 콜이었는데….

하나, 쾌도를 다음 페이지로 넘긴다.

하나 제3장. 실전 연습. 중급편!

천우 유튜버고 뭐고 그만해요, 그만.

하나 강의 아직 안 끝났어요.

천우 이제 곧 피크타임이에요. 이만 일하러 나가야하니까, 좀 가셨으면 좋겠어요.

하나 배달이 중요해요? 유튜버 하셔야죠!

천우 지금 안 나가면 오늘 다 공쳐요. 가뜩이나 오전에도 몇 개 못 했고….

하나 곧 강사님 오세요.

천우 저 그쪽처럼 한가하지 않아요. 하루 벌어서 하루 먹고 사는 사람이라고요. 내 상황 알고 싶어요? 저 요새 자전거 타고 배달해요. 며칠 전에 교통사고 나서 오토바이 다 박살나고. 그런데도 그만두지도 못해요. 고쳐 쓰지도 못할 망할 고철덩이 할부가 아직도 몇 년이 더 남아서요. 그놈의 AI 알고리즘인지 뭔지, 하필이면 그 따위로 콜을 줘서. 하마터면 세상하직 할 뻔했다고요. 그런데도 당장 할 수 있는 일이 이것밖에 없어.

하나 그래서 제가 온 거잖아요!

천우 네?

하나	그러니까 우린 유튜버에 다 걸어야 하는 거라고요! 희망이 없잖아요. 부자 되고 싶지 않으세요? 빚도 갚고요!
천우	됐고요. 그쪽이 못 간다면… 내가 가지 뭐.
하나	어디 가요?
천우	문단속 잘 하시고요.

천우, 유니폼 등을 챙겨 나가려는데,

게임, 갑자기 들이닥쳐 천우에게 몰아친다.
그는 군복차림에 방탄조끼와 소총 등으로 무장했다.

| 게임 | (천우에게 총을 겨누며) Freeze! Put your hands up! |

천우, 놀라서 손을 들고,

| 게임 | Drop the gun! Drop the gun! |

천우, 당황한다. "총? 총이 어딨다고?"

| 게임 | 엎드려! 양손 뒤로! |

게임, 총을 엎드린 천우의 머리에 바짝 겨누고 있다.

하나	네 번째 강사님이 오셨어요!
천우	강사?
게임	(물러나서) 일어서도 좋습니다. (천우가 일어서면) 반갑습니다. 나에 특수훈련 캠프에 온 것을 환영합니다, 제군들.
천우	캠프…? 아니, 이봐요, 내 집에서 웬….
게임	긴 말은 생략합니다!
천우	아니 내 말을 왜 그쪽이 생략해? (게임이 노려보자) … 요.
게임	지금 이 순간부터 모든 말은 다나까로 통일합니다. 알겠습니까?
천우	아니 내 집에 와서 왜?! (노려보자) … 그러십니까.
게임	내 역할은! 너희 같은 패배자들의 정신을 개조하는 것이다! 너희의 썩어빠진 정신은 오늘부로 깨끗이 정리될 것이다. 알겠나, 제군들?!
천우	아까부터 제군들, 제군들… 나 일하러 나가야 한다고요!
게임	지금부터 모든 대답은 '악!'으로 통일 합니다.
천우	네?
게임	대가리 박아!
천우	네?
게임	씨박새끼! (당장이라고 후려 칠 듯 하는 자세로) 너 인성 문제 있어? 죽고 싶어? 대가리 박는다, 실시!

천우, 엎드려 머리를 바닥에 박으며, "시… 실시!"

게임   일어서. 정신 차려! 대답해!

천우   (급히 공손해지며) 아… 네….

게임   악! 악 해!

천우   악!

게임   지금부터 본 교관에 대해 소개하겠다. 나는 특수부대 출신의 엘리트 요원이다. 현재는 대테러국제용병단으로 활동하고 있으며, 다수의 특수임무와 대테러전에 참가하였다. 지금부터 본 교관의 말을 착실히 이행하여 부디 너희의 썩어빠진 정신을 클리어하길 바란다. 알겠나? 대답해!

천우   악!

게임   너희 같은 패배자들을 보면, 늘 떠오르는 사건이 있다.

하나   언젠가 그는 '알칸타라'[2]라는 지역의 대테러 특수임무에 투입되었다. 사막 한 가운데에 있는 작은 마을이었다. 첩보위성을 통한 탐색 결과 테러범들의 수는 총 서른다섯, 민간인 인질은 총 네 명. 그의 팀의 인원은 총 아홉 명. 분쟁지역이라 정규군 대신 그들이 투입된 것이다. 그들의 임무는 인질 구출과 테러범 소탕. 헬기를 타고 최대한 접근하여, 육로를 통해 적의 아지트에 침투했다. 산을 넘고 강을 건너, 수많은 엄폐물들을 통과했다. 임무는 성공직전이었다! 그런데….

게임   우리 팀원 중에 너 같은 씨박새끼가 있었어! 지시를 무시하고 멋대로 튀어 나가더군. 그 새끼 때문에 우리가 모두

---

2) 온라인 게임 -배틀그라운드(BattleGrounds)- 에 등장하는 가상의 지명.

노출됐다!

하나   그날 그는 자신의 팀원들을 모두 잃어야만 했다. 그의 두
다리까지.

천우   (게임의 다리를 보며) 그럼 이 다리는….

게임   이건 내 다리가 아냐! 그 실패는 아직까지 내게 큰 트라우
마로 남아있어. 내 이력의 큰 오점이 되었어. 이 마우스를
잡을 때면 아직도 그때 생각에 치욕과 분노가 밀려온다.
그 새끼를 영원히 잊을 수가 없어. 그 이후 다신 특수임무
에 투입 될 수가 없었다. 한동안 정신과 치료를 받기도 했
지. 결국 나는 후방지원으로 보직을 옮길 수밖에 없었다.
캠프에서 신병 양성에 집중하고 있지. 너희 같은 새끼들
의 정신을 개조하면서 말이다!

천우   ('뭔가 이상한데?') ….

게임   그래, 잘 하는 게임은 있나?

천우   게임 말입니까? 어… 없습니다.

게임   없어? 그게 말이 돼? 잘하는 게임이 없다고?

천우   악!

게임   게임도 못하면서 어떻게 게임 방송을 하겠다는 거지?

천우   제가 말입니까? 게임 방송을 한다고요?

게임   일단 컴퓨터 앞에 앉는다. 실시. (마우스와 키보드 등을 꺼내주
고) 게임 시작.

천우, 일단 게임을 시작한다.

옆에서 지켜보는 하나와 게임. 게임의 표정이 점점 일그러진다.

하나   세상에나 너무 못 하는데?

게임   너 손가락 문제 있어? 아니면 컴퓨터가 문제야? 고장인가?

천우   악?

게임   어떻게 이 간단한 게임 하나 못 할 수가 있어? 내가 세상에서 가장 혐오하는 인간이 누군지 아나? 바로 게임하나 못 하는 인간이다! 게임도 못하면서 무슨 게임방송을 하겠다고?

천우   저, 말씀이 너무 심하십니다. 아니, 게임을 못 할 수도 있는 거지….

게임   Shut up! 누가 말대꾸하랬지?! 엎드려!

게임, 하나와 한쪽으로 가서 자기들끼리 소곤거리며 이야기를 나눈다.

게임   어떻게 저런 인간을 훈련시키라는 거지? 이건 시간낭비야.

하나   어쩔 수 없잖아요. 이미 시작한 거… 저 정도일지 누가 알았나요.

게임   저 딴….

천우   저… 다 들리는데.

게임   내 자존심이 허락하지 않아!

하나 부탁드려요. 이번 만요.

게임 좋아. 그렇게 말한다면. 이번 한 번만이야.

게임 (천우에게) 일어나. 너희에게 가장 필요한 것은 치밀한 전략과 순발력, 그리고 무엇보다도 승부를 향한 강한 정신무장이다. 지금부터 정신무장을 실시한다. 엎드려! 뒤로 취침! 앞으로 취침! 왼쪽으로 굴러! 오른쪽으로 굴러! 대가리 박아! 일어서! 입수!

천우 입수? 어, 어디로….

게임 입수! 머리부터 발끝까지! 머리부터 발끝까지! 거기 서. 차렷. 이제 실전 훈련을 시작한다. (괘도의 지도를 가리키며) 너희의 위치는 이곳이다. 이 A 지점까지 무사히 이동하여 적진을 점령하는 것이 너희의 임무다. B와 C 지역의 보급품은 꼭 확보하도록. 알겠나? 게임 내 등장하는 모든 사물과 모든 인물은 AI, 즉 인공지능 알고리즘의 지시에 따라 움직인다. 훈련을 하며 AI의 특성을 몸에 익히도록. 알겠나?

하나, VR기기를 천우에게 씌어주고, 총까지 들려준다.

게임 준비됐나?

천우 악!

게임 시! 작! 움직여! Go! Go!

천우 저… 아무것도 보이지 않습니다!

게임 너의 썩어빠진 정신 때문에 보이지 않는 거다!

천우   아니, 정말 안 나온다고요!

게임   피하지 않고 뭐해! 달려! 쏴! 방심하지 마! 앞! 앞! 앞! 왼쪽! 등 뒤! 죽었잖아! 다시! 움직여! 달려! 그 따위로 하니까 자꾸 지지! 그거 하나 못 해? 다른 것에선 다 지더라도 최소한 게임에서는 이겨야 할 거 아냐! 게임에서까지 지면 어쩌자는 거야!

    천우, 동작을 멈춘다. 더 이상 못 해 먹겠다.
    VR기기를 빼서 집어 던진다.

게임   씨박새끼. 반항해?

천우   좀 지면 뭐 어때서!

게임   (천우의 멱살을 잡으며) 게임은 이기라고 있는 거야, 이 새끼야!

    잠깐의 대치상태.
    마침 천우의 스마트폰에서 '띠링' 하며 알림이 온다.
    천우, 스마트폰을 들여다보는데, 콜을 또 놓쳤다.

게임   흥. 평생 그렇게 별 볼일 없이 살아라!

    게임, 나간다.

하나   강사님! 강사님!

천우   이제 가도 되죠? 다 끝났죠?

'딩동' 하고 초인종 소리가 들린다.

천우   설마, 또?

하나   딩동댕. 다섯 번째 강사님이 오셨네요!

돌아이, 들어온다.

돌아이   어딜 가려고? 내 강의 아직 시작도 안 했어. 반갑다, 지천
           우.

돌아이, 천우에게 손을 내밀어 악수를 청한다.
천우가 마지못해 응하려하자 손을 얼른 거둔다.

돌아이   (깐죽거리며) 응? 왜? 뭐? 나랑 한 판 뜨게? 그렇잖아도 요새
           무술 방송도 시작해볼까 생각 중이었는데! (마치 당장이라도
           싸울 듯한 자세를 하며) 자, 드루와, 드루와!

천우   (마지못해) 아, 아뇨, 아뇨.

돌아이   좋아, 내 주먹이 무섭나보지?

천우   ….

돌아이   덤벼, 덤비라고. 숨지 말고, 덤벼!

천우   (하나를 본다) ….

하나   꼭 무슨 돌아이 같죠?

천우   좀?

돌아이 맞아. 나 돌아이야.

천우   응?

돌아이 돌아이 맞다니까!

하나   돌아이 맞아요. 업계에선 꽤 유명하신 분이죠. 이 바닥의
        1인자랄까요.

돌아이 내 소개가 늦었군. 강호의 풍운아 돌아이라고 불러줘. 좋
        아, 그럼 바로 수업을 시작할까? 우선 지금 왜 '돌아이'인
        지부터 설명해야겠지? 자, 이 세상은 말야 미치지 않고서
        는 살 수가 없어. 얼마나 엉망진창인지 미쳐야만 살 수가
        있단 말야. 주변을 둘러봐. 주변에 제정신인 사람 손에 꼽
        을걸? 물론 겉으로 봐선 멀쩡해 보일 수도 있고, 정도의
        차이라는 것도 있고, 또 곱게 미쳤냐 더럽게 미쳤냐 같은
        것도 있을 거고, 아닌 사람도 있겠지만, 분명 둘 중에 하나
        일 거야. 미쳤거나 병들었거나.
        세상에는 수많은 돌아이들이 있다? 물론 내가 돌아이의
        모범이라는 건 아니야. 돌아이들이 그놈이 그놈 같지? 아
        냐, 다 달라. 내 친구 돌아이는 말야, 집이나 직장에서는
        되게 멀쩡한데 도로에만 나가면 돌아이 짓을 해. 말릴 수
        가 없어. 완전 미쳐 버린다니까. 이건 뭐랄까 일종의 개만
        의 영역이지. 전문 분야 같은? 또 어떤 녀석은 사람들에

게 완전 깍듯해. 예의 바르고 점잖고 세상에 그런 천사가 따로 없어. 그런데 뒤로 가서 온갖 음해에 사이코 짓을 다 하더라고. 이것도 일종에 개만의 영역인 거지. 또 트럼프 나 김정은, 아베 같은 사람들도 봐봐. 걔네도 가만 보면 돌 아이들이거든. 이렇든 돌아이들은 다양하고 각자의 영역 이 있어. 또 우리에겐 일종의 규칙이 있는데, 서로의 영역 을 절대로 침범해서는 안 돼. 이건 업계 상도이자 불문율 이야. 난 이것을 '돌아이 영역론'이라고 불러. 이것에 대해 책도 썼지.

가방에서 주섬주섬 책을 꺼내, 사람들에게 나눠 준다.
책의 제목은 '돌아이의 영역.'

한정판이야. 몇 권 안 뽑았어. 시중에선 쉽게 구할 수 없 는 책이야. 정가 십만 원. 현금 없어? 계좌번호 불러 줄까? 미안하지만 카드는 안 돼. 나도 먹고 살아야지. 돌아이 영 역론이 궁금하면 그 책을 읽어봐. 상세히 서술했으니까. 질문 있어? 없지? 그럼 넘어간다. (다시 빠르게) 또 우리에 게 아주 중요한 가치가 있어. 바로 진정성이지. 저 돌아이 가 하는 돌아이 짓이 과연 진짜 돌아이 짓인지 가짜 돌아 이 짓인지. 진짜 미친 건지 그냥 미친 척하는 건지. Live인 지 Show인지. 우리에겐 아주 핵심적인 가치야. 왜냐 우리 린 이 돌아이 짓의 단순 생산자로만 머물러선 안 되기 때

문이야. 유통과 가공을 통해 2차 재화를 만들어내야 할 거 아냐. 고객을 감동시키는 것, 그것이 바로 2차 재화야.

트럼프를 봐. 그의 똘끼가 얼마나 많은 세계인들의 감동을 불러 일으켰어? 코로나19 확진자까지 되면서 말야. 고객들은 다 알아. 진짜 미친 건지 미친 척 하는 건지. 느낌으로 다 알아채. 그래서 진짜 미쳐야 한다는 거야. 이게 바로 진정성이지. 우리에겐 일종의 장인정신이라고도 할 수 있어. OK? 질문 있어? 없지? 넘어 간다. 그래서, 왜 지금 '돌아이'여만 하는가. 인기가 있으니까. 요즘 세상은 무언가 이상해. 정상적이고 보통의 일반적인 것으로는 살아남기도 생존도 쉽지 않아. 비정상이어야 하고 미친놈이 되어야 해. 그리고 튀어야 해. 지금은 뭐랄까 미친 짓들 전성시대 같아. 정상적인 것들은 점점 보기 힘들어지고 있어. 세상이 온통 극단적이고 돌아이들 뿐인데, 노멀한 콘텐츠를 한다? 생존 불가야. 유튜버들도 극단적인 돌아이가 되지 않고서는 경쟁력이 없어! (천우에게) 내 말 무슨 뜻인지 알겠어?

천우 ….

하나 돌아이 장인이세요. 문화재 1호시죠.

천우 아…. (놀랍고 황당해서 억지로 박수 쳐준다)

돌아이 그래, 고마워. 잠깐 쉬고. 아직 대사 안 끝났어. (준비하고) 나는 말야 유튜버 돌아이로 살아남기 위해 별 짓을 다하고 있다. 안 해본 게 없을 걸? 길거리에서 아무에게나 욕하고 도망가 본 적 있어? 시청자들은 정말 좋아한다. 완전 뒤집어져. 걔네들도 보통 놈들은 아닌 거지. 또 횡단보도 한 가운데에서 속옷만 입고 춤춰 본 적 있어? 최고였던 건 지하철에서 전염병에 감염됐다며 바닥을 구르던 때였어. 사람들 붙들고 기침하고. 침 튀기고. 욕하고. 뒹굴고. 별풍선이 아주 폭주해. 유튜버로 돈을 벌고 싶다? 그럼 그 정도는 기본적으로 할 줄 알아야 한다는 거야. 우리 방송 보는 변태들은 그런 거 좋아해. 자기들은 차마 못 하니까. 우리가 대신 해주는 거지! (천우에게) 내 말 무슨 뜻인지 알겠어?

천우 아….

돌아이 뭘 그 정도 가지고. 아직 감탄하긴 일러. 아직도 못한 얘기가 너무 많아. 다 풀려면 며칠 날밤 깔 각오해야지.

천우 이런 방송은 저랑은 맞지 않을 것 같은데….

돌아이 맞고 안 맞고가 어디 있어? 그냥 하는 거지.

천우 제정신으로?

돌아이 그러니까 미쳐야 한다는 거야! 좋아, 설명은 이쯤 하고. 이제 우리 실습을 해 볼까?

천우 아뇨! 하지 않아도 충분히 알 것 같아요!

돌아이 일단은 춤 연습부터 해 보자. 우리 방송의 핵심은 미친 짓이야. 같이 나가서 길거리에서 막춤부터 춰 보자고.

천우 춤 잘 못 추는데요….

돌아이 춤도 못… 그럼, 노래는 잘 불러?

50

천우   좀 수줍음이 많아서….

돌아이   어차피 막춤이야, 막춤! 대충 아무렇게나 추면 된다고! (한숨) 일단 내가 하는 거 보고 잘 따라 해봐. 자, 음악 큐.

마침 천우의 스마트폰에서 '띠링' 하며 알림이 온다.
천우, 스마트폰을 들여다본다.

돌아이   아, 뭐야?

하나   천우 씨, 수업에 집중하셔야죠.

돌아이   대체 수업을 하란 거야 말란 거야. 대체 할 줄 아는 게 뭐야?

천우   수업은 충분히 한 것 같은데, 이제 그만…. (하죠)

'딩동', 초인종 소리가 들린다.

하나   벌써 다음 강사님 오실 시간이 됐나? 들어오세요!

막말, 들어온다.

돌아이   뭐야? 아직 내 시간인데.

막말   빨리빨리 좀 하자. 나 바쁜 사람이야. 전세 냈어? 저리 가 있어. 뭐야, 또 책 팔았니? (책을 뺏으며) 이런 것 좀 사지 마요. 사기야, 사기. 아휴, 쯧쯧.

하나   마지막 강사님이세요.

막말	지천우 학생?
천우	아, 예….
막말	여기 찾아오느라 좀 힘들었잖아. 골목이 어쩌나 복잡하던지.
천우	네….
막말	(둘러보며) 생각보다… 처음부터 이런 말하기 좀 그런데, 집이… 많이 좁네. 반지하에. 이건 곰팡이 냄새야 뭐야. 그래, 여기 세가 얼마라고 했지?
천우	어… 백에 사십이요.
막말	이런 데서 어떻게 산대. 교도소 독방도 이것보단 훨씬 낫겠다. 때 되면 밥 주지, 운동도 시켜줘.
천우	네?
하나	강사님께선 막말 방송에 대한 수업을 하실 거예요.
천우	막말 방송? 그 욕하고 막말하고 하는 그 방송이요?
막말	어머, 얘, 지금까지 대체 뭘 들었니?
천우	막말이든 뭐든 그 방송은 전 좀 어렵겠습니다.
막말	뭐야 얘는? 나 여기까지 고생해서 온 거 안 보여? 골목길을 얼마나 헤맸는지 알아? 한 시간을 넘게 걸었어!
천우	그래도 막말은 좀 그러네요.
돌아이	그렇지! 막말 보단 차라리 돌아이 방송이 훨씬 낫지!
막말	저 새끼 저거, 얼른 안 들어가?
돌아이	….
막말	어디까지 듣고 왔는지는 모르겠지만, 일단 내 소개부터

하지.

천우   아니, 안 하셔도…. (되는데)

하나   그녀는 막말 전문가이자, 막말을 전문으로 하는 유튜버다. 그녀는 많은 시간 동안 유튜버들을 연구해왔다. 하루 이틀이 아니다. 그 사이에 남편은 집을 나가 바람을 피우고, 아이들도 가출해서 사고를 치고 다녔지만, 그녀는 절대 연구를 멈추지 않았다. 친구들은 물론이고 이웃들, 친정, 시댁 식구들까지 제정신이 아니라고 손가락질 했지만 흔들리지 않았다. 과거 주식과 비트코인에 손을 대던 시절보다 더 많은 공부를 했다. 그때 날렸던 돈을 생각하면 여전히 속이 쓰리고 눈물이 났지만, 어쩌랴. 다 과거인 것을.

돌아이   뭐야? 뭐 하는 거야? 난 이런 거 안 해줬잖아?

막말   아직도 안 갔어?

하나   아무튼, 오로지 돈을 벌겠다는 일념 하나로 여기까지 왔고, 이제는 자신 스스로를 전문가라고 여길 경지까지 올랐다. 유튜버로서 아주 충만한 생활을 하게 된 것이다. 돈을 벌기 시작하니까 손가락질을 하던 사람들이 모두 입을 다물었다. 뭐, 남편은 결국 딴 살림을 차렸고, 아이들도 완전히 집을 나갔지만.

막말   괜찮아. 돈은 내가 더 많이 벌어. 또 내겐 수많은 애인들과 남편들이 존재하니까. 수십만 명의 내 구독자들 말이야.

돌아이   (BGM이 끝나자) 뭐야, 끝난 거야?

막말   우리 방송에서는 자신의 신념이나 정치성향은 중요하지 않아. '좌'와 '우' 중에 하나를 선택해. 돈이 될만한 쪽말야. 뭐든 상관없는데 중간은 안 돼. 이유는 말 안 해도 알지? 그러고 나서 반대쪽을 마구 까야 해.

특히 사람들이 좋아하는 건 혐오야. 그때그때 이슈가 되는 사건 사고가 있을 거 아냐. 약자를 골라서 마구 욕을 하는 거야. 뭐든 상관없어. 그냥 까. 대중들이 말야 졸라 이중적이고 속물적이라서 네가 거짓말을 하건 증거가 있건 없건 상관 안 해. 그저 넌 뱉어내기만 하면 돼. 네 방송의 구독자들이 듣고 싶어 하는 말만 골라서 속 시원하게! 그들에겐 논리나 진실은 중요하지 않아! 지들 듣고 싶은 것만 들을 테니까. (천우에게) 알겠어?

천우 어… 아무리 생각해도 저랑은….

막말 나도 마찬가지야. 나도 처음엔 나랑은 맞지 않다고 생각했어! 지금은 돈을 벌어야 해서 보수 유튜버로 활동하고 있지만, 사실 난 진보정당 지지자야. 진보적인 것들을 지지하면서도, 방송에서는 늘 반대의 주장을 해야 했어.

천우 그게 가능해요?

막말 가능하지. 돈 앞에선 뭐든 다 가능해.

천우 아… 하긴.

막말 사실 거기서 오는 괴리가 좀 커. 늘 고운 말만 사용해왔고, 막말은 물론이고 욕하는 것도 실례라 여겼어. 하지만 방송을 할 때면 늘 다른 사람이 된 것 같은 기분이야. 험한 막말들을 쉼 없이 하고 있어. 거친 욕설까지. 마치 내가 지킬 박사라도 된 느낌이랄까. 내 안에서 하이드가 숨을 쉬고 있는 것 같아. 그 망할 쌍년이! 어머, 실수.

이젠 가끔 평상시에도 나도 모르게 튀어 나와. 또 머릿속에 개념들도 점점 뒤죽박죽이 되어가고 있어. 나도 모르게 보수적인 생각을 하고 있어! 이러다가 나 자신을 통제하지 못할까 걱정이 되기도 해. 마치 하이드가 튀어 나와서 살인을 하고 다니는 것처럼! 어떻게 보면 참 예술적이긴 하지. 아무튼, 일단 유튜버가 되기로 결정했으면, 웬만큼 해서는 돈 못 벌어. 독해져야 해, 정말. 막말, 욕, 인신비하, 혐오발언 가리지 마. 너의 품격 따위 버려! 어차피 돈 많으면 저절로 생기는 게 품격이야. (천우에게) 알겠어?

'띠링' 하며 배달앱 알림이 온다.
천우, 스마트폰을 들여다본다.

막말 예술 얘기가 나와서 말인데, 내가 아는 작가 중에 '김도경'이라는 놈이 있거든. 그놈 진짜 엉망진창에 문제 많아. 능력도 없는 듣보잡 놈이 예술가랍시고 설치기는 엄청 설쳐! 글도 못 쓰면서. 야! 이것도 연극이라고 썼냐? 이것도 대사라고 썼어? 내가 나와서 이리 지랄하고 있는 것도 대사야?! 무슨 대사가 이래? 내가 발로 써도 이것보단 재밌겠다. 차라리 유튜버를 해! 그럼 내가 열심히 구독하고 '좋아요'는 눌러 줄 테니까! 좋겠네? 적어도 구독자 한 명은 예약이잖아?!

천우   무슨 소리 하세요? 누구 얘기야?

막말   나 방금 이상한 소리 했어? 아니야. 아니야! 그런데 말이야, 너희들은 속고 있어! 인류는 달에 간 적이 없어! 지구는 평평하고 갈릴레이는 사기꾼이야! 우주는 가짜다! 세계를 지배하는 건 화성에서 온 그림자 정부다! 일루미나티가 세계 자본과 내 정신을 조종하고 있다!

'띠링' 하며 배달앱 알림이 온다.
천우, 스마트폰을 들여다보고,

천우   네… 충분히 알아들었고요. 전 이만 일하러 가야겠어요.

막말   내 말 아직 안 끝났어!

돌아이   내 얘기도! 난 하루 종일도 할 수 있어!

천우   아뇨! 남은 얘기는 여러분들끼리 알아서 하시고요.

하나   천우 씨, 이런 기회 흔치 않아요. 어떻게 모은 강사님들이신데요. 다들 이 분야 최고 분들이에요. 전문가들이고요. 만나고 싶다고 쉽게 만날 수 있는 분들이 아니라고요.

막말   그렇지!

돌아이   맞아! 우릴 대체 뭐로 보는 거야?

막말   그렇게 벌어서 도대체 언제 돈 모아서 집 사고 결혼하고 할 거야? 평생 걸리겠다, 평생. 그럴 거면 차라리 비트코인을 해!

돌아이 맞아! 언제까지 이리 살래? 거지같이.

'다시 '띠링' 배달앱 알림소리.'

천우 됐고요. 유튜버고 뭐고 전 당장 오늘 저녁 배달이 중요해요! 그러니까 다들 그만들 가세요!

하나 이 좋은 기회 그냥 놓칠 거예요?

천우 기회는 무슨. 난 당신들처럼 한가하지 않다고!

돌아이 우리라고 여기까지 쉽게 온 줄 알아? 세상에 쉬운 일이 어디 있어!

막말 난 성공하기 위해 내 모든 시간을 바쳤어. 내 가족을 잃고, 결국엔 내 자신까지 잃고서야 겨우 여기까지 올 수 있었어.

'띠링' 알림소리.

막말 빌어먹을 저 알림 좀 꺼.

하나 그래요. 천우 씨도 노력에 노력에 노력에 노력에 노력과 노력을 계속해서 노력하다 보면 언젠가는 성공할 수 있다고요. 우리 힘내요, 천우 씨.

천우 대체 내 집에 와서 왜 이러는데요. 가세요. 가라고요! 가!

사이.

막말   가자, 가. 싫다는데 어쩌겠어.

하나   그래요, 가요.

돌아이   에잇, 평생 거지처럼 살아라.

하나, 막말, 돌아이, 함께 나간다.

천우, 혼자 남아 우두커니 서 있다.

서서히 암전.

2장

천우가 들어온다. 무언가 얼빠진 표정.

의자에 앉아, 유니폼도 벗지 못하고 넋 나가 있다. 잠시 후,

다짐한 듯 방구석에 놓인 택배 상자를 가져온다.

택배 상자 속에서 카메라 삼각대와 방송용 마이크 등을 꺼내 세팅한다.

잠시 마음의 준비를 한다.

어색하게 유튜브 방송을 시도해본다.

핸드폰의 녹화 버튼을 누른다.

천우　어… 안녕하세요. 어… 지금부터 방송을 시작해 볼까 하는데요… 어… (사이) 어… 저는 라이더입니다. 지금은… 오토바이 대신 자전거를 타고 있지만요. 오늘 언덕길을 몇 킬로나 올랐는지 모르겠어요… 서울에는 언덕이 참 많은 것 같아요. 괜찮아요. 며칠 더 하면 적응 되겠죠.
어… 라이더를 할 때 가장 힘든 점이 무엇인지 아세요? 바로… 외로움입니다. 하루 종일 혼자 달려요. 하루 종일 하는 말이라곤 "수고하세요.", "맛있게 드세요.", "배달 왔습니다." 정도… 어쩌면… 머잖아 제 입이 퇴화해 버릴지도 모르겠어요. (웃음) 어… 실은 오늘 아버지를 봤어요. 방송에서 이런 개인사를 얘기해도 될지 모르겠지만… 혹시

'수저계급론'이란 말 아세요? 부모로부터 어떤 수저를 물려 받았나에 따라 계급이 갈린다는 말 말예요.

저희 집은 원래부터 흙수저 집안이었습니다. 부모님은 물려받은 재산 한 푼 없이 결혼하셨죠. 그래서 막노동, 일용직, 임시직, 비정규직 그런 일자리만 전전하셨습니다. 청소, 파출부, 공사장, 마트 같은 것들이요. 그러던 아버지는 언젠가부터 택배 노동을 시작하셨습니다. 유년시절 가끔 아버지의 택배 트럭을 얻어 탔던 기억이 나요. 그땐 아무것도 모르고 마냥 즐겁기만 했는데….

제가 십대일 때, 어느 안개가 짙은 날 아침이었습니다. 새벽 일찍 일을 나가던 아버지가 갑자기 사라지셨어요. 마치 감쪽같이 증발이라도 한 것처럼요. 택배 회사 유니폼, 택배 트럭, 또 트럭 남은 할부금 빚 이천만 원을 마치 유품인 양 남겨 두시고요.

그 이후로 아버지를 보진 못했어요.

아버지가 남긴 트럭은 어머니가 이어서 모셨습니다. 아버지가 남긴 택배 구역도 이어 받으셨죠. 남은 할부금과 남은 권리금을 갚으시면서요. 그렇게 제가 스무 살이 되고 스물한 살이 되고 스물둘, 스물셋, 스물넷 이십대를 넘어가던 어느 겨울, 늦은 밤까지 배달 일을 하시던 어머니의 머리 위로 함박눈이 하얗게 쌓인 것을 본 기억이 납니다. 우연인지 착각인지, 그날 이후로 어머니의 까만 머리를 다신 보지 못했어요.

전 아버지의 증발을 말도 안 되게 인류애적 관점에서 이해해 보고자 했습니다. 그래서 말도 안 되게 인류학과를 전공했고, 또 말도 안 되게 똑같이 인류애적인 배달 일도 하고 있죠. 그런데 오늘… 증발했던 아버지를 봤어요. 이번에 새로 들어간 플랫폼 회사에서요. 아버지도 저와 같은 일을 하고 있었습니다. 아버지 역시 자전거를 타고 있었죠.
아버지를 한 눈에 알아봤지만, 차마 아는 체를 할 수가 없었어요.
우린 서로를 알아 봤을까. 어쩌면 아버지 역시도 차마 아는 체를 하지 못 했을지도 몰라요. 어쩌면 서로가 너무 부끄럽고… 부끄러워서….
(사이) 첫 방송 시도인데, 이리 들어주셔서 감사합니다. 아직 구독자는 없지만….

갑자기, 어디선가 들리는 박수소리.

씬디, 들어온다.
핸드폰으로 개인 방송을 하고 있다.

씬디	처음치고는 훌륭한데요!
천우	누구… 누구세요?
씬디	나 몰라요? 내 팬이라면서요?
천우	어디서 본 것 같긴 한데….
씬디	스타 유튜버 씬디요.
천우	씬디? 씬디요!? 정말!? (사이) 근데 여길 왜 오셨어요? 여기 내 집인데.
씬디	그쪽이 초대하셨잖아요?
천우	네? 내가요?
씬디	여기 초대장까지 보냈으면서.
천우	내가? 내가요? 정말로요?

씬디, 초대장을 전해 주는데,

천우	(초대장을 보고) 내 글씨는 맞는 것 같은데… 가만, 파티? 내 집에서?
씬디	그럼요, 토요일 밤의 파티! 왜요? 안 돼요? 다시 갈까?
천우	아니… 그런 건 아니지만. 근데 지금 뭐 하세요?
씬디	(핸드폰 화면을 보이며) 자, 구독자 여러분께 인사하세요.
천우	네?
씬디	뭐 하세요? 얼른 인사하지 않고? 인상 쓰지 말고. 웃으면서.
천우	아, 안녕하세요….
씬디	오늘의 특집 방송. 씬디가 간다! 무단침입 씬디! 씬스07

님 반가워요. 자, 여긴 어디냐면 요, 신입 유튜버 지천우 군의 홈입니다! 오늘 지천우 군과의 합방 많이 기대해 주세요. 별풍선 오천 개! 씬디사랑 님 고맙습니다!

천우   뭐야. 이건. 무슨 상황이야.

씬디   하나 씨 알죠? 유튜버론 강사. 그녀 부탁으로 왔어요. 씬디남편 님, 별풍선 만 개! 사랑해요! 어서 오세요, 씬-스틸러 님.

천우   뭐야. 왜 내 집에서 방송을….

씬디   뭐해요? 같이 방송 해야지? 자, 구독자 여러분께 한 마디 하세요.

천우   네? 뭘 말해요? 어… 반갑습니다….

씬디   (말을 끊으며) 어서 오세요, 씬난다 님. 저희 임시로 일단 합방하고 있어요. 씬디조아 님, 별풍선 천 개 고마워요! (천우에게) 그런 거 말고 다른 할 말 없어요?

천우   아… 딱히….

씬디   에이, 재미없게 정말 이럴래요? 구독자들 야유 하는 거 안 보여요? 우~ 하잖아요. 여기 봐요. 채팅창 불난 것 봐. 심지어 나가는 사람도 있어! 여러분, 여러분, 진정하세요. 신입이라서 그런 거니까, 많이 이해해주시고요. 오늘 예고한 대로 정식 방송은 조금 이따 시작할게요. 잠시 후에 다시 만나요.

씬디, 방송을 끈다.

씬디   자, 하던 거 마저 하세요. 저 신경 쓰지 말고요.

천우   아… 네… 어쩌다 보니까 잠시 쉬어 갔는데… 이 방송이
　　　　과연 몇 분에게나 전해질진 모르겠지만… 앞으로… 꾸준
　　　　히… (옆의 씬디가 자꾸 신경 쓰인다) 여기 계속 계실 거예요?
　　　　아무래도 좀….

씬디   불편해요?

천우   네… 조금….

씬디   그럴 줄 알고, 다른 분들도 불렀어요.

천우   네?

밖에서, '야옹' 하는 소리가 난다.

천우   고양이?

고양이, 들어온다.

고양이   야옹~

천우   뭐, 뭐야? 어디 있었던 거야?

고양이   (천우의 멱살을 잡고) 감히 날 버려? 복수할거다옹! 싫으면 당
　　　　장 날 키워!

이번에는 물고기가 머리를 내민다.

물고기	혹시… 저 부르셨어요?
천우	뭐야, 왜 거기서 나와?

물고기, 들어온다.

물고기	혹시 웨인 보셨어요? 어디론가 사라졌어요!
천우	그걸 왜 여기서 물어요?
물고기	웨인!? 웨인!?
고양이	그러고 보니 뭐야, 나만 빼놓고 방송하는 거야? 이 슈퍼스타 고양이를 빼놓고? 해도 해도 너무하잖아, 집사!
천우	집, 집사?
고양이	야옹~ 귀여운 포즈. 야옹~ 요염한 포즈. 야옹~ 멍청미 포즈. 야옹~
물고기	물고기! 물고기! 저에 멋진 수영 솜씨를 보여드릴게요.
고양이	넌 네 짝이나 찾아.
물고기	웨인!? 웨인!? (문득! 고양이의 배를 붙잡고) 서, 설마. 웨인? 웨인!!
고양이	뭐야, 이 생선은? 나 생선 알레르기 있거든?
물고기	(여전히) 웨인… 웨인!

'딩동', 초인종 소리가 들리고,
막말, 들어온다.

막말　또 한 시간이나 골목을 헤맸어! 여기 올 때마다 헤매. 이 놈의 집구석은 도통 적응이 되질 않아! 뭐야 웬 고양이? 저건 생선이야? 아주 개판이 따로 없구만.

객석 통로에 조명이 켜지면, 돌아이가 서 있다.
돌아이, 스마트폰으로 영화 〈록키〉의 주제가를 틀고, 자신의 셀프 영상을 찍고 있다.

막말　저 새끼, 또 저깄네. 얼른 이리 안 와!?

돌아이, 새도우 복싱을 하며 들어온다.

물고기　웨인? 웨인!
돌아이　뭐야, 이 생선은? 누구보고 웨인이래?
씬디　드디어 다 모였네요! 이제 파티를 시작해도 되겠어요.
천우　잠깐. 잠깐! 아까 말한 파티가 이 파티였어? 당신들이 왜 여기 모여 있는 건데? 여기 내 집이야!
씬디　그게 중요한 게 아니잖아요.
돌아이　지천우. 춤은 과감히 포기하고, 이제부터 나와 복싱을 해 보는 건 어때? 24시간 하루 종일 분노의 스파링 방송! 한 명이 지쳐 죽을 때까지 계속하는 거야!
막말　요즘 누가 그런 걸 보니? (천우에게) 자, '북핵 문제와 호주 캥거루의 상관관계'에 대해서 토론 방송을 해 보는 건 어떨까?

씬디 방송은 나랑 해야죠! 귀욤 깜찍 섹시 방송은 어때요? 이미 구독자들이랑 약속까지 했단 말예요. 합방할 거라고요. 우린 그냥 채팅만 읽어 주면서 구독자들이 원하는 것만 해 주면 돼요.

고양이 시청자들은 말야 귀여운 고양이가 나오는 방송을 좋아해. 날 중심으로 방송을 해줘! 내가 귀엽게 놀아줄게.

돌아이 우리는 24시간 달리는 거야! 원투! 원투! 맞아, 도장 깨기도 함께 해보면 어떨까?

물고기 제 멋진 수영 솜씨를 보여 드릴게요!

막말 이것들아! 지금 나라가 망하게 생겼어! 이 멍청한 놈들아!

씬디 안녕하세요! 씬디가 간다! 무단침입 씬디! 과연 오늘 행운의 주인공은?

고양이 인간들아! 내 냥냥펀치 맛을 봐라! 냥! 냥! 냥! 냥!

돌아이 얼마나 강한 펀치를 치느냐가 중요한 게 아냐. 얼마나 강한 펀치를 맞고도 일어…

막말 (돌아이 말을 자르며) 개판이야, 개판! 이 미친 것들아!

물고기 웨인!? 웨인!?

씬디 어? 시청자들이 입장하기 시작했어요! 여러분 안녕~

물고기 물고기! 물고기! 물고기! 물고기!

고양이 야옹! 야옹!

천우 시끄러! 내 방송이야!

돌아이 어쩌라고?

고양이　그래서?

천우　아니, 이거 내 방송인데….

막말　언젠 하기 싫다더니?

천우　아… 그래도 일단 시작했으니까….

씬디　저리 좀 비켜~!

씬디, 갑자기 천우를 밀어 버리고, 자리를 차지한다. 그리고 이들의 방송이 시작된다.

천우, 구석에서 이들의 방송을 무력하게 보고 있다.

씬디　안녕하세요. 씬디의 색다르고 쌘나는 방송!

막말　(마이크를 뺏어) 나라가 망해갑니다! 북괴가 쳐들어와요!

고양이　(마이크를 뺏어) 야옹~! 야옹~!

물고기　물고기! 물고기!

돌아이　나는 생각한다. 고로 존재한다!

씬디　씬디는 여러분을 사랑해요. 여러분 알랴뷰~

이들의 마이크와 카메라 쟁탈전이 벌어진다.

그것을 무력하게 보고만 있는 천우.

씬디　(갑자기 멈추며) 잠깐! 우리 방송은 무조건 신나고 재미있어야 한다는 거, 아시죠? 우리 모두 춤춰요! 뮤직 큐!

뜬금없이 춤을 추는 이들. 자기들끼리 신났다.

음악이 끝나면 다시 시작되는 쟁탈전. 다시 뜬금없는 음악과 춤.

이들의 행동이 점점 극에 다다르다가,

암전.

잠시 후, 무대가 밝아지면,

천우, 홀로 앉아 있다. 조금 전까지의 모든 난리와 흔적, 다 사라

지고 없다.

우두커니 지쳐 보이는 표정.

소리 (기계음) 안녕하세요, 파트너님. 새로운 배달 알림이 있습니
다. 지금 바로 출동하세요!

천우, 유니폼을 걸치고는 급히 나간다.

막.

한국 희곡 명작선 85

유튜버(U-Tuber)

초판 1쇄 인쇄일   2021년 11월 25일
초판 1쇄 발행일   2021년 11월 30일

지 은 이   김도경
만 든 이   이정옥
만 든 곳   평민사
　　　　　서울시 은평구 수색로 340 〈202호〉
　　　　　전화 : 02) 375-8571 / 팩스 : 02) 375-8573
　　　　　http://blog.naver.com/pyung1976
　　　　　이메일 pyung1976@naver.com
등록번호   25100-2015-000102호
ISBN   　978-89-7115-799-2   04800
　　　　　978-89-7115-663-6 (set)
정 　 가   8,000원

· 잘못 만들어진 책은 바꾸어 드립니다.
· 이 책은 신저작권법에 의해 보호받는 저작물입니다.
 저자의 서면동의가 없이는 그 내용을 전체 또는 부분적으로 어떤 수단 · 방법으로나
 복제 및 전산 장치에 입력, 유포할 수 없습니다.

이 책은 사단법인 한국극작가협회가 한국문화예술위원회의 2021년 제4회 극작엑스포
지원금을 받아 출간하였습니다.